Elizabeth Cole

La Gentillesse Me Rend Plus Fort

« *L'amour et la gentillesse ne sont jamais vains.*
Ils font toujours la différence. »
— **Helen James**

Adaptation française par Romain Pillard

Livre par Elizabeth Cole

Ce livre appartient à

....

....

Au début des vacances d'été, Nick était super content,
Il voulait en profiter pour se rendre à la ferme de ses grands-parents.
Une fois arrivé, il les salua en les serrant fort dans ses bras.
Grand-mère gentiment lui dit : « Tu m'as tant manqué, petit chat. »

Après un délicieux petit-déjeuner, Nick vit que la journée était ensoleillée.
Poliment, il demanda à son grand-père : « Est-ce que je peux aller jouer ? »
Grand-père l'y autorisa et son petit-fils s'en alla d'un pas rapide.
A peine sorti de la maison, Nick assista à une bagarre stupide.

« Pourquoi vous vous disputez ? » demanda Nick, très étonné.
Les sourcils froncés, Canard répondit: « Vache ne veut pas prêter ses jouets. »
Mouton de son côté rouspétait : « Cochon m'a pris mon ballon favori,
Il ne me l'a pas demandé, ne m'a pas dit merci ! »

Vache se moquait du petit canard et du plumeau que formait sa queue.
Pour l'embêter, Canard lui cria : « Tu es plus grosse qu'une baleine bleue ! »
Cochon était en colère contre Mouton qui l'avait poussé dans la mare.
Tout ce petit monde s'égosillait, en un assourdissant bazar.

Petit Nick leur dit alors : « S'il vous plaît, cessez de vous disputer, c'est grossier !
Faites preuve de gentillesse, même si vous êtes mal lunés ! »
« C'est quoi la gentillesse ? » demanda Canard en se grattant la tête,
« La gentillesse, c'est quand tu fais le bien, tu vois, c'est tout bête ! »

« La gentillesse, c'est aider ceux qui en ont besoin.
Être gentil, c'est tout faire pour faire le bien. »

« Comme hier, quand j'ai aidé ma sœurette à faire ses lacets.
Cela m'a fait plaisir de voir son visage qui souriait… »

« Il nous faut être gentils, respectueux avec nos aînés…
Et leur céder notre siège dans le bus, l'autre jour je l'ai fait. »

« Je respecte les personnes âgées et aussi les plus petits que moi.
J'ai récupéré le ballon d'un enfant dans un arbre, l'autre fois. »

« J'ai fait tout ça sans y être obligé, parce que je l'ai choisi.
'Et si j'étais à leur place', voilà ce que je me suis dit...
La gentillesse, c'est mon choix, ce que je veux apprendre.
La gentillesse, c'est donner et en retour ne rien attendre. »

« La gentillesse, c'est aussi ne pas se moquer de ceux qui sont différents.
Peut-être que pour eux tu es différent toi aussi, penses-y un court instant. »

« La plus belle des choses, c'est voir quelqu'un sourire.
La gentillesse, c'est très chouette, fais-en ta façon de vivre. »

« Coin ! » fit Canard en ouvrant le bec pour s'exprimer,
« La gentillesse, c'est aussi laisser l'autre parler. »

« Ne jette pas tes déchets par terre dans la rue, ni de plastique dans la mer,
Et tu verras comme la Terre peut être belle et extraordinaire. »

« Ma grand-mère est la meilleure. Elle comble tous mes désirs.
Alors je fais la vaisselle, pour lui faire plaisir.
La gentillesse, c'est être reconnaissant envers ceux qui sont gentils avec vous.
Je remercie Grand-mère pour les repas, pour les cookies, pour tout ! »

Cochon expliqua : « Je suis reconnaissant envers le professeur quand il m'apprend des choses nouvelles. »

Canard répondit : « Je suis reconnaissant envers le docteur lorsqu'il soigne mes ailes. »

Mouton leva sa main et enchaîna : « Je peux être aussi gentil que vous. J'aiderai Vache pour ses devoirs ! » « Merci ! » dit-elle d'un 'Meuh !' tout doux.

Cochon fit une promesse : « Je vais désormais partager ma boue si chère. Croyez-moi, ce n'est pas facile avec autant de frères. »

Canard ajouta : « Je vais aider Maman à nettoyer toute la maison, eh oui !
Puis j'apporterai des cookies à notre voisin, Monsieur Souris. »

« Il est tout seul Monsieur Souris, et j'en suis malheureux.
Je vais lui tenir compagnie, c'est sûr, ça le rendra joyeux. »

Jamais les animaux n'avaient été aussi reconnaissants.
Ils s'excusèrent les uns les autres d'avoir été grossiers et méchants.
Ils apprirent à dire « Bonjour ! » en entrant quelque part,
A sourire, toujours, plutôt que de broyer du noir.

Tous dirent « Je suis désolé ! », s'ils avaient, par accident, fait du mal.
Être toujours gentil et poli fut l'objectif de chaque animal.
Quand la journée finit, Nick avait encouragé les autres, il en était ravi.
Alors Canard lui dit : « Merci, Nick, d'être un si bon ami. »

Nick était content d'avoir aidé ses amis, son visage souriait de bonheur.
Ainsi fonctionne la gentillesse, elle rend le monde encore meilleur.

« La gentillesse me rend plus fort et me remplit de joie.
Quand tu es gentil avec les autres, ils ont envie de l'être avec toi. »

RÉALISE 4 ACTES DE GENTILLESSE D'AFFILÉE ET COLORIE-LES

EST-CE QUE TU LE SENS ? LA GENTILLESSE TE REND PLUS FORT !

Tenir la porte pour quelqu'un	Nourrir les oiseaux	Complimenter un(e) ami(e)	Planter quelque chose
Faire un dessert pour un voisin	Mettre la table pour le dîner	Dire à un proche combien vous l'aimez	Faire le lit de quelqu'un
Inviter une personne à jouer avec toi	Fermer le robinet quand tu te laves les dents	Aider à préparer le dîner	Prêter ou partager un jouet avec un ami
Nettoyer et ranger ta chambre sans qu'on te le demande	Fabriquer un cadeau pour quelqu'un	Nettoyer et ranger tes jouets sans qu'on te le demande	Prendre quelqu'un dans tes bras

Rends-toi ici pour découvrir d'autres actes de gentillesse à réaliser, et aussi pour obtenir d'autres cartes GRATUITES !

Cher lecteur, chère lectrice,
Je vous remercie d'avoir acheté mon ouvrage !

C'est le 3ème volume de la série « Le monde des émotions des enfants »,
qui a pour objectif d'aider les enfants à gérer leurs émotions les plus intenses
et à comprendre certaines valeurs humaines parmi les plus essentielles.

J'ai reçu beaucoup d'avis favorables s'agissant de mes 2 premiers livres,
et j'espère que vous prendrez également du plaisir à parcourir celui-ci !
Un remerciement tout particulier à mes jeunes lecteurs/lectrices,
votre gentillesse et vos commentaires sont vraiment cruciaux pour moi,
et ils me donnent de l'inspiration à chaque seconde !

Je suis ravie à l'idée de poursuivre les aventures de Nick !
Quel genre de sujet souhaiteriez-vous que nous abordions lors des prochains ouvrages ?
N'hésitez pas à me faire parvenir vos idées ainsi que vos pensées.
Je suis très impatiente de lire vos retours !
Vous pouvez m'écrire à l'adresse suivante : elizabethcole.author@gmail.com
ou bien visiter le site www.ecole-author.com

Je vous serais également profondément reconnaissante si vous laissiez un avis sur mon livre.
Voici le lien de « La Gentillesse Me Rend Plus Fort » sur Amazon.

Avec tout mon amour,
Elizabeth Cole

Manufactured by Amazon.ca
Bolton, ON